D1205643

ONONDAGA FREE

PiYo!

01/22

Buonanotte tesoro!

Shelley Admont

Illustrazioni di Samir Boumsik

Onondaga Free Library
Syracuse, NY 13215
(315) 492-1727

www.kidkiddos.com
Copyright©2015 by S.A.Publishing ©2017 by KidKiddos Books Ltd.
support@kidkiddos.com
All rights reserved. No part of this book may be reproduced in any form or by any electronic or mechanical means, including information storage and retrieval systems, without written permission from the publisher or author, except in the case of a reviewer, who may quote brief passages embodied in critical articles or in a review.

Tutti i diritti sono riservati. Nessuna parte di questa pubblicazione può essere riprodotta, memorizzata in sistemi di recupero o trasmessa in qualsiasi forma o attraverso qualsiasi mezzo elettronico, meccanico, mediante fotocopiatura, registrazione o altro, senza l'autorizzazione del possessore del copyright.
First edition, 2018

Traduzione dall'inglese di Sara Adinolfi

Library and Archives Canada Cataloguing in Publication
Goodnight, My Love! (Italian Edition)/ Shelley Admont
ISBN: 978-1-5259-0708-1 paperback
ISBN: 978-1-5259-0709-8 hardcover
ISBN: 978-1-5259-0707-4 eBook

Although the author and the publisher have made every effort to ensure the accuracy and completeness of information contained in this book, we assume no responsibility for errors, inaccuracies, omission, inconsistency, or consequences from such information.

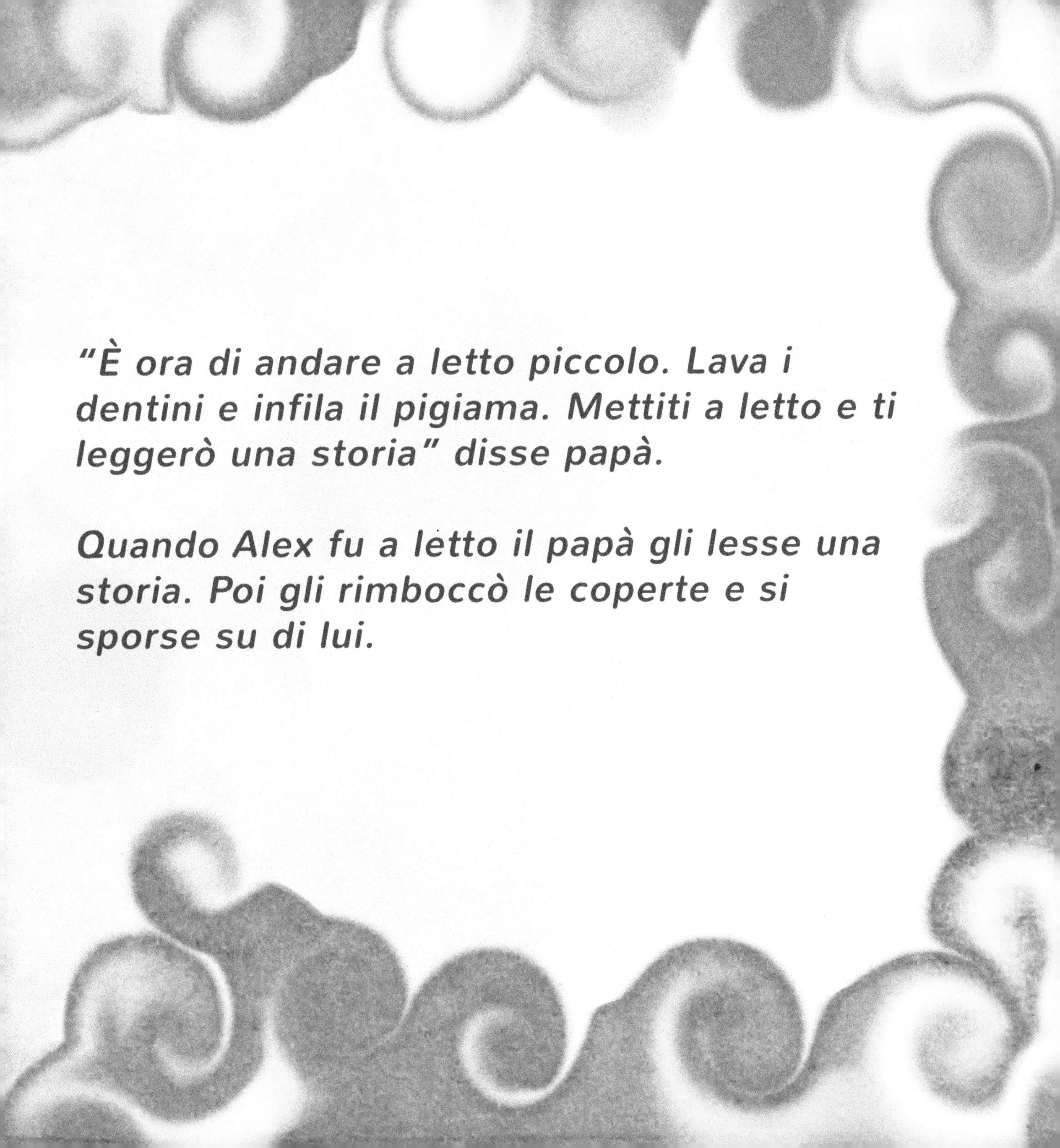

"È ora di andare a letto piccolo. Lava i dentini e infila il pigiama. Mettiti a letto e ti leggerò una storia" disse papà.

Quando Alex fu a letto il papà gli lesse una storia. Poi gli rimboccò le coperte e si sporse su di lui.

"Buonanotte figliolo, buonanotte tesoro. Ti voglio bene" disse.

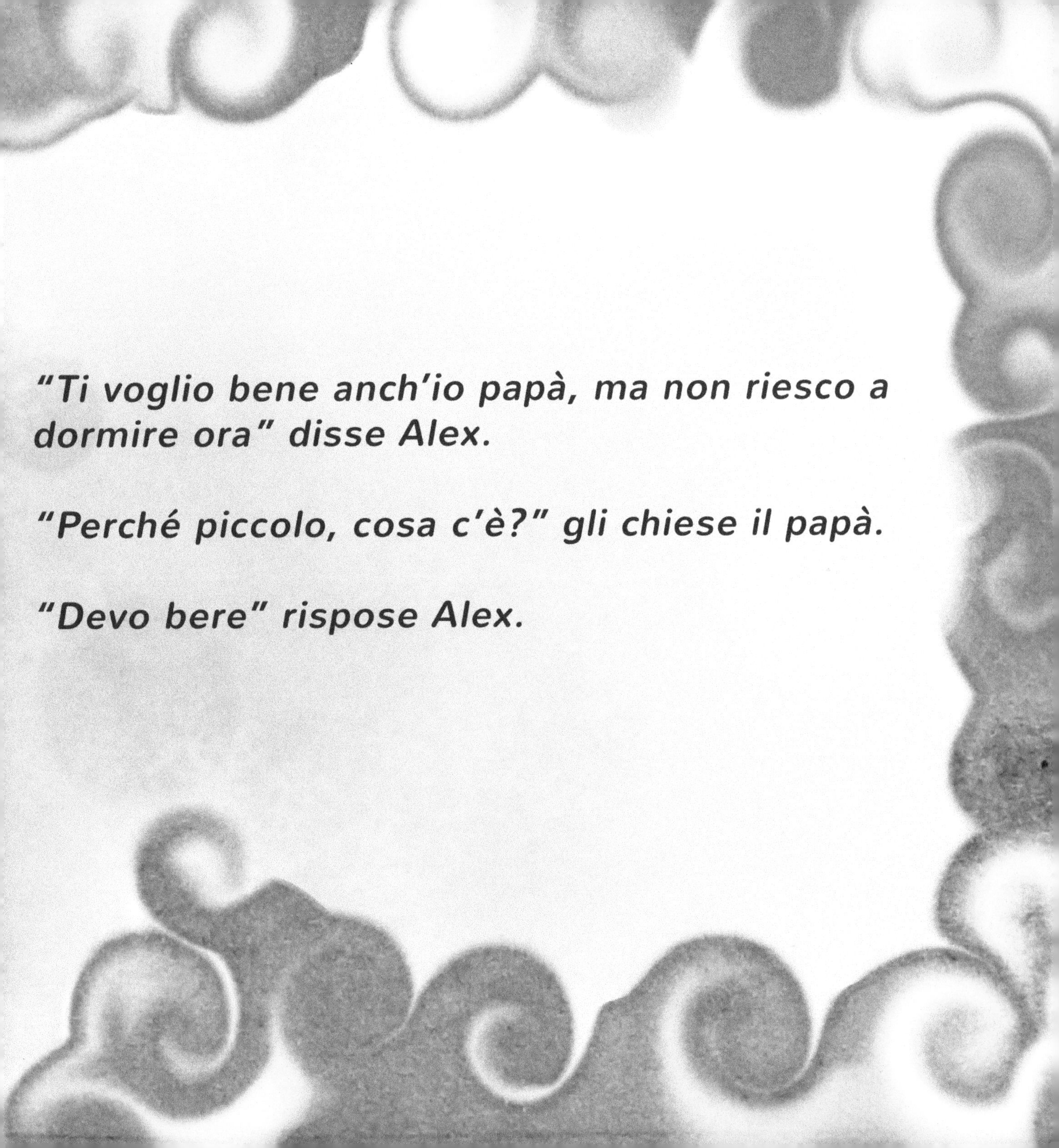

"Ti voglio bene anch'io papà, ma non riesco a dormire ora" disse Alex.

"Perché piccolo, cosa c'è?" gli chiese il papà.

"Devo bere" rispose Alex.

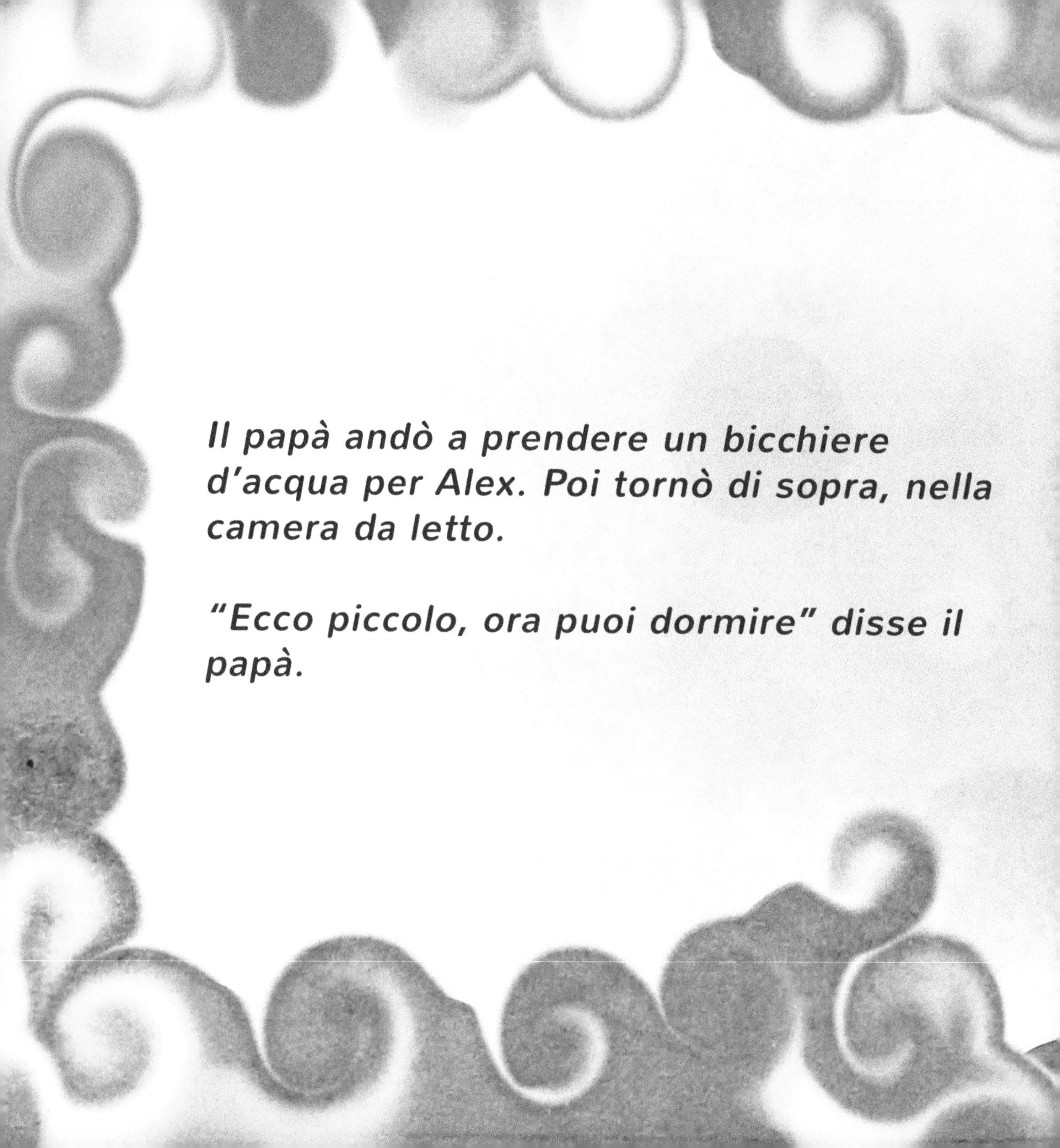

Il papà andò a prendere un bicchiere d'acqua per Alex. Poi tornò di sopra, nella camera da letto.

"Ecco piccolo, ora puoi dormire" disse il papà.

Alex bevve il suo bicchier d'acqua e si sdraiò di nuovo. Il papà gli rimboccò le coperte e si sporse su di lui.

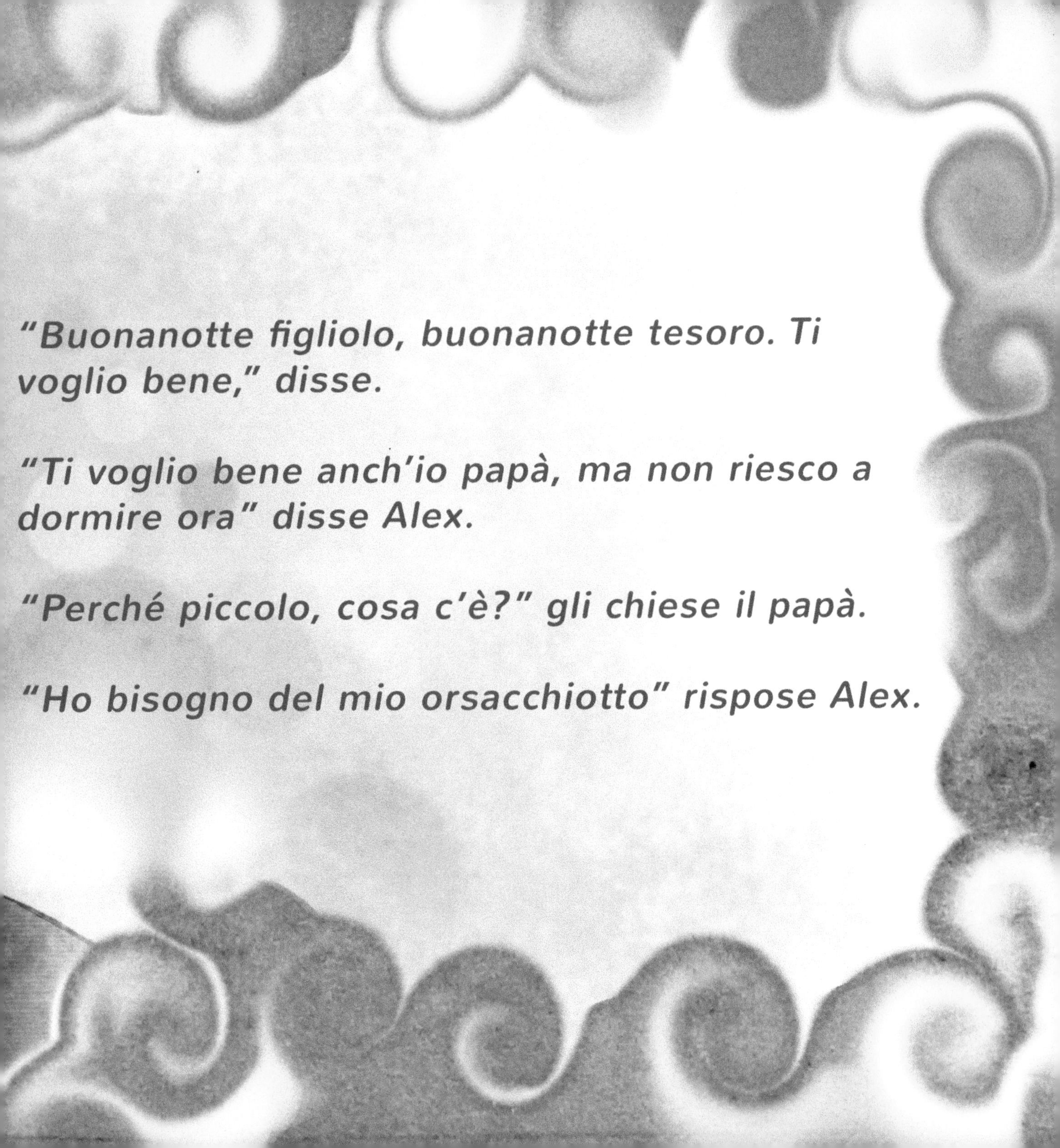

“Buonanotte figliolo, buonanotte tesoro. Ti voglio bene,” disse.

“Ti voglio bene anch’io papà, ma non riesco a dormire ora” disse Alex.

“Perché piccolo, cosa c’è?” gli chiese il papà.

“Ho bisogno del mio orsacchiotto” rispose Alex.

Il papà attraversò la stanza e raccolse un orsacchiotto blu.

Lo prese e lo portò ad Alex.

“Non questo papà. Voglio quello grigio” disse Alex.

Il papà rise. Scese di sotto per prendere l'orsacchiotto grigio sul divano. Poi risalì le scale e tornò nella cameretta del figlio.

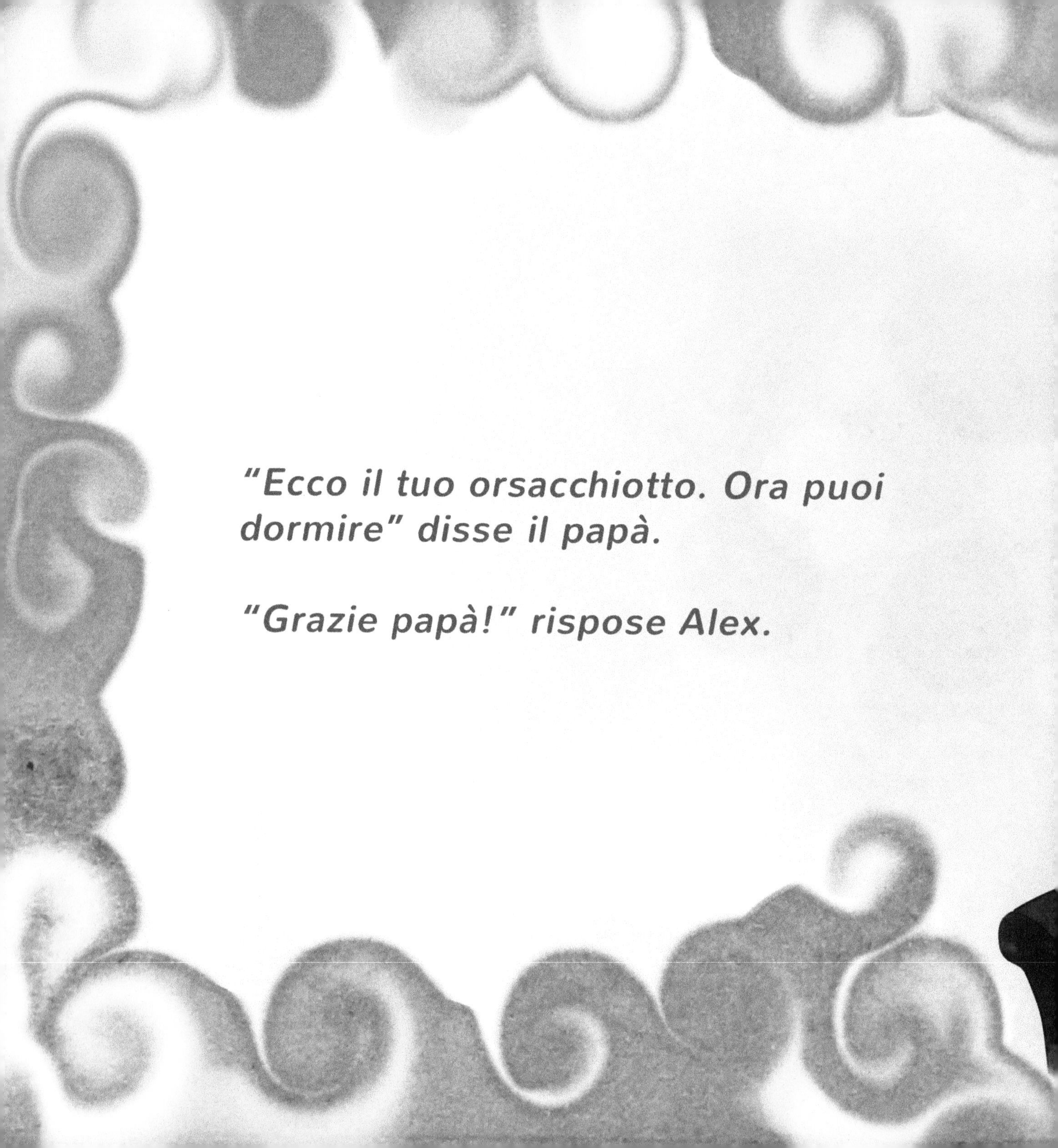

"Ecco il tuo orsacchiotto. Ora puoi dormire" disse il papà.

"Grazie papà!" rispose Alex.

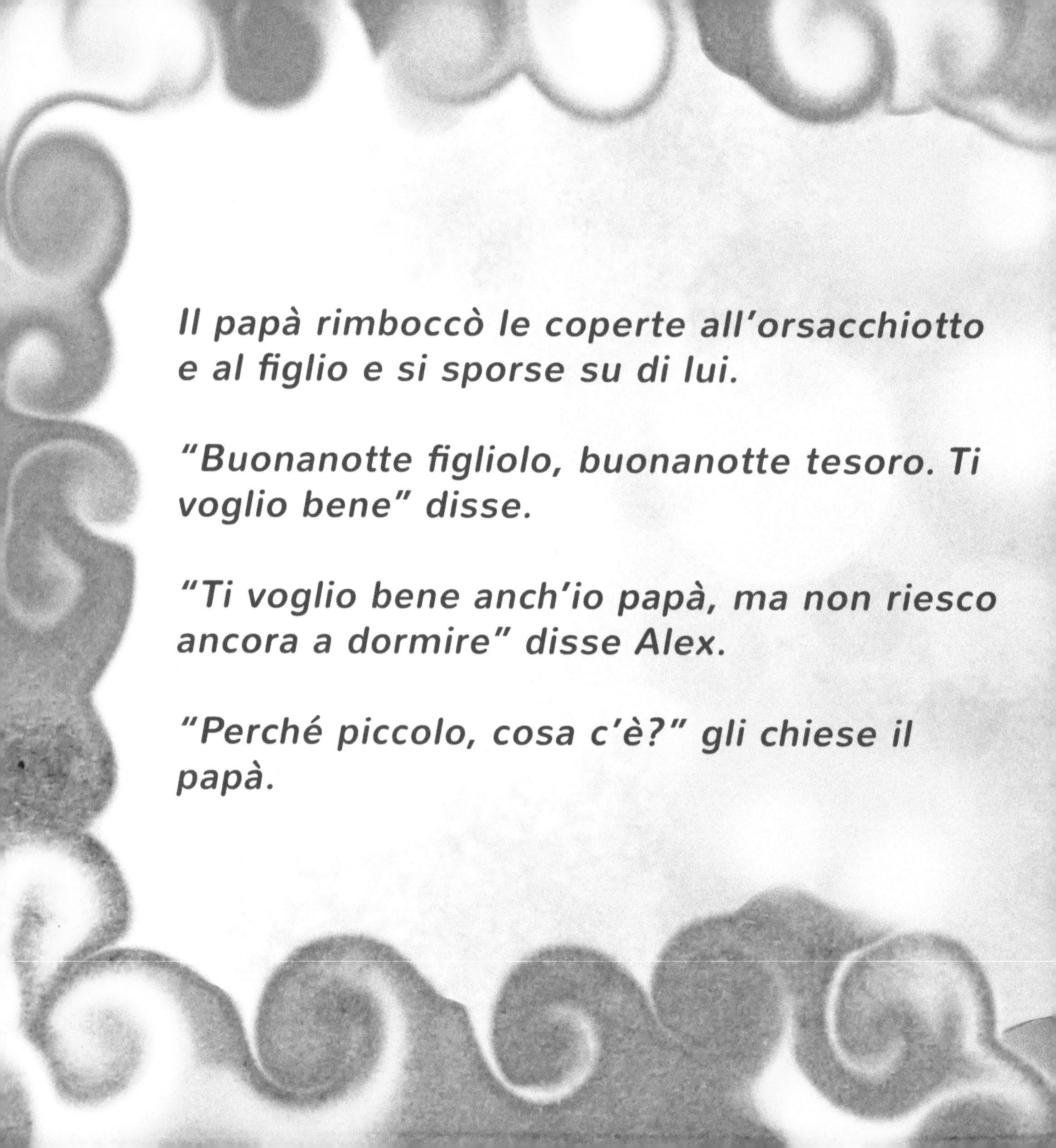

Il papà rimboccò le coperte all'orsacchiotto e al figlio e si sporse su di lui.

"Buonanotte figliolo, buonanotte tesoro. Ti voglio bene" disse.

"Ti voglio bene anch'io papà, ma non riesco ancora a dormire" disse Alex.

"Perché piccolo, cosa c'è?" gli chiese il papà.

"Bè, non so cosa sognare" rispose Alex.
?

"Mmm...è una questione importante, vero?" chiese il papà. Alex annuì.

"Allora possiamo pensare insieme a cosa puoi sognare?" domandò il papà.

"Buona idea papà!"

“Se potessi scegliere di essere una cosa qualsiasi, Alex, cosa vorresti essere?”

“Sarei un uccello che vola nella brezza” rispose Alex.

"Che bellissimo sogno, piccolo!" disse il papà.

"Ma, cosa succederà dopo?" chiese Alex.

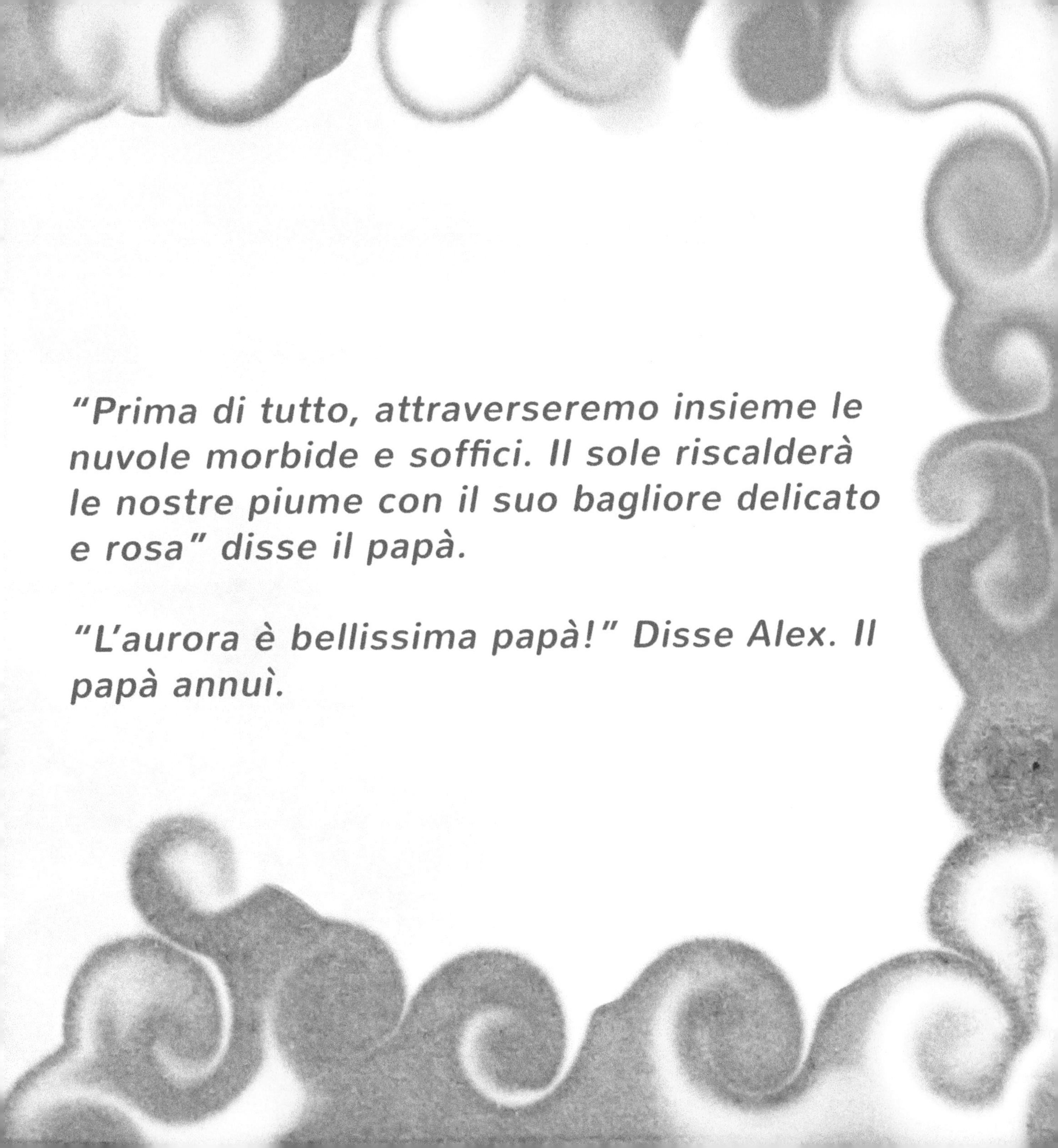

“Prima di tutto, attraverseremo insieme le nuvole morbide e soffici. Il sole riscalderà le nostre piume con il suo bagliore delicato e rosa” disse il papà.

“L’aurora è bellissima papà!” Disse Alex. Il papà annuì.

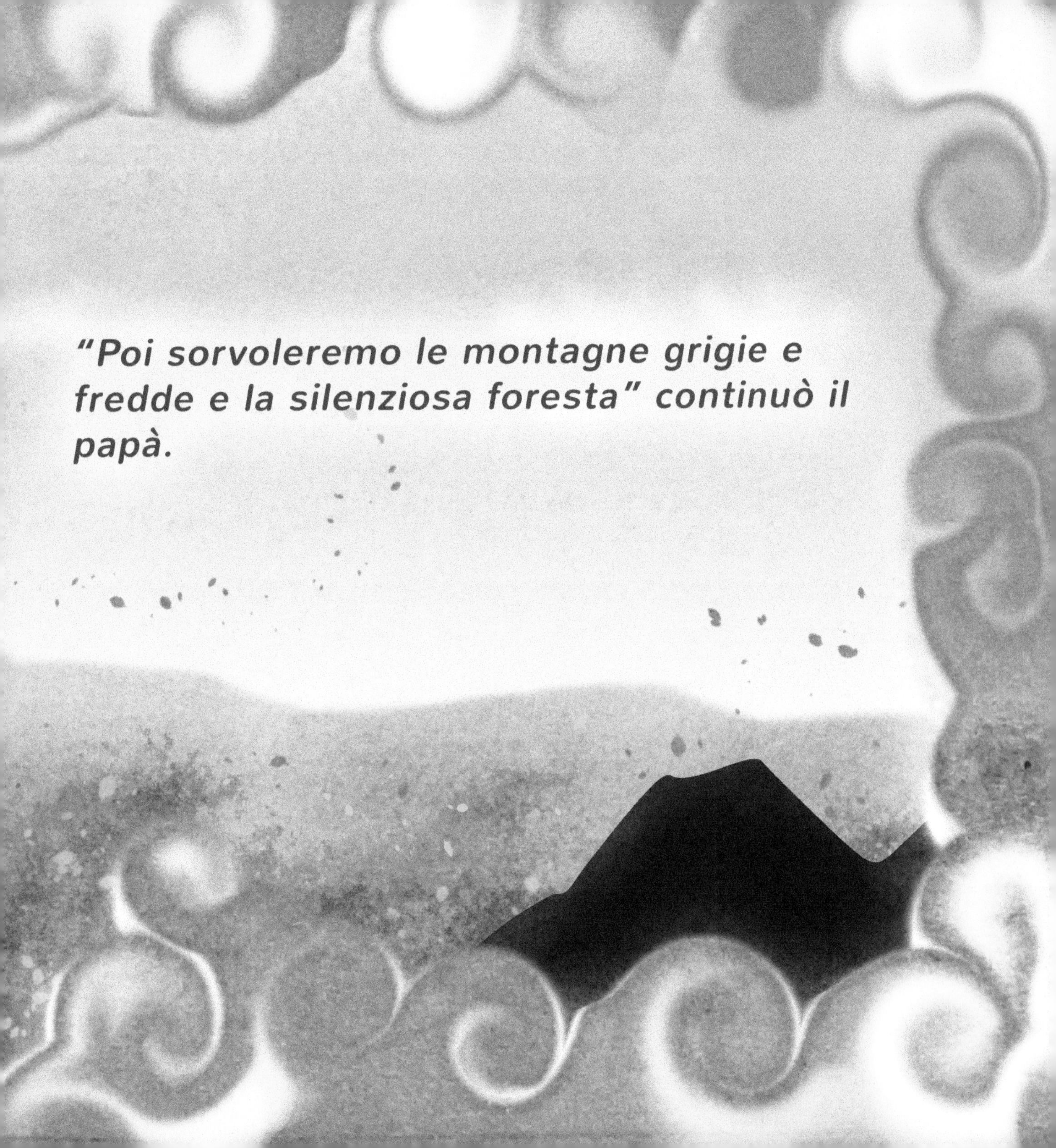

"Poi sorvoleremo le montagne grigie e fredde e la silenziosa foresta" continuò il papà.

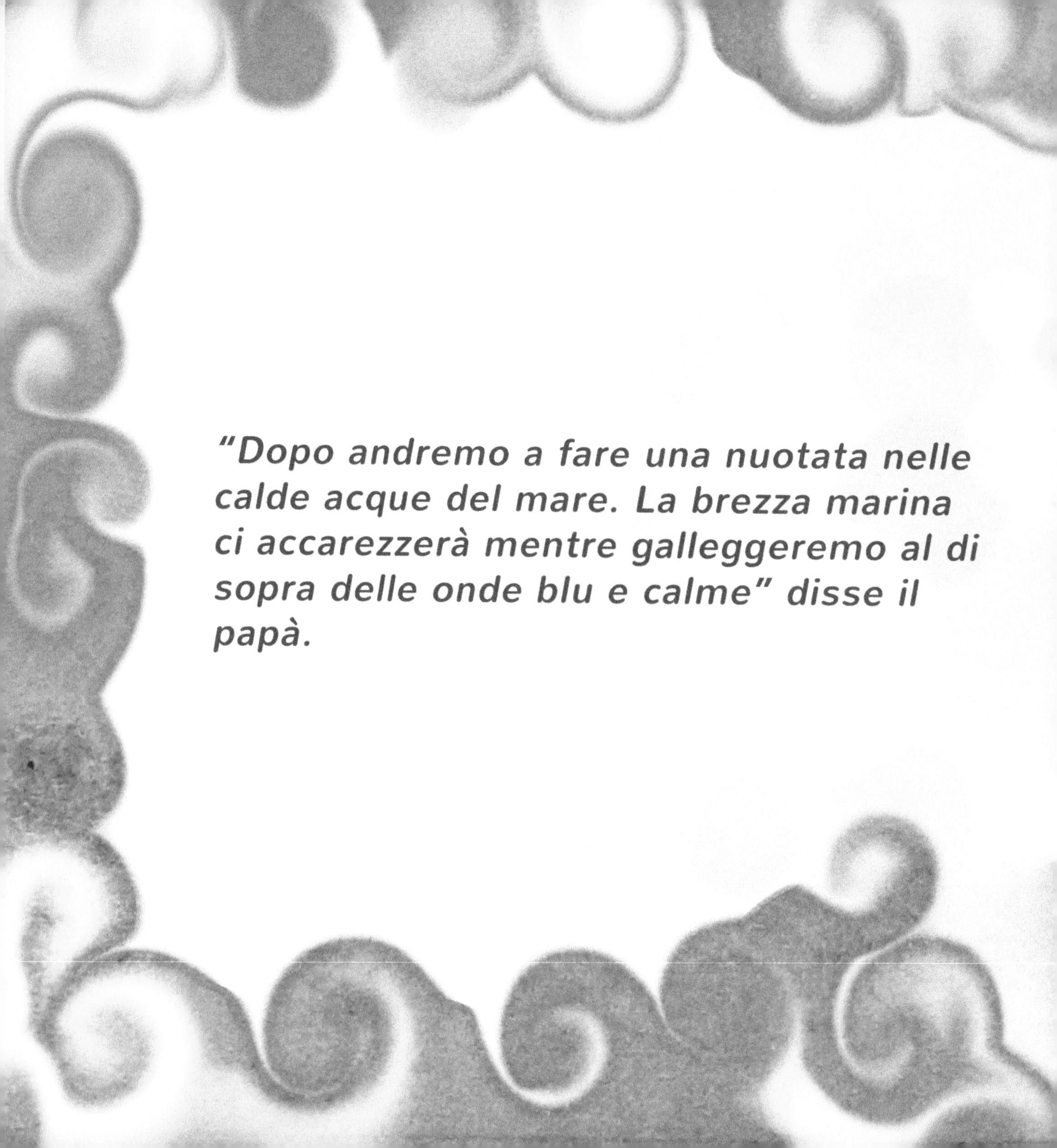

"Dopo andremo a fare una nuotata nelle calde acque del mare. La brezza marina ci accarezzerà mentre galleggeremo al di sopra delle onde blu e calme" disse il papà.

"E dopo cosa succede?" chiese Alex con un grande sbadiglio.

"Atterreremo su cuscini-nuvola bianchi e soffici" rispose il papà.

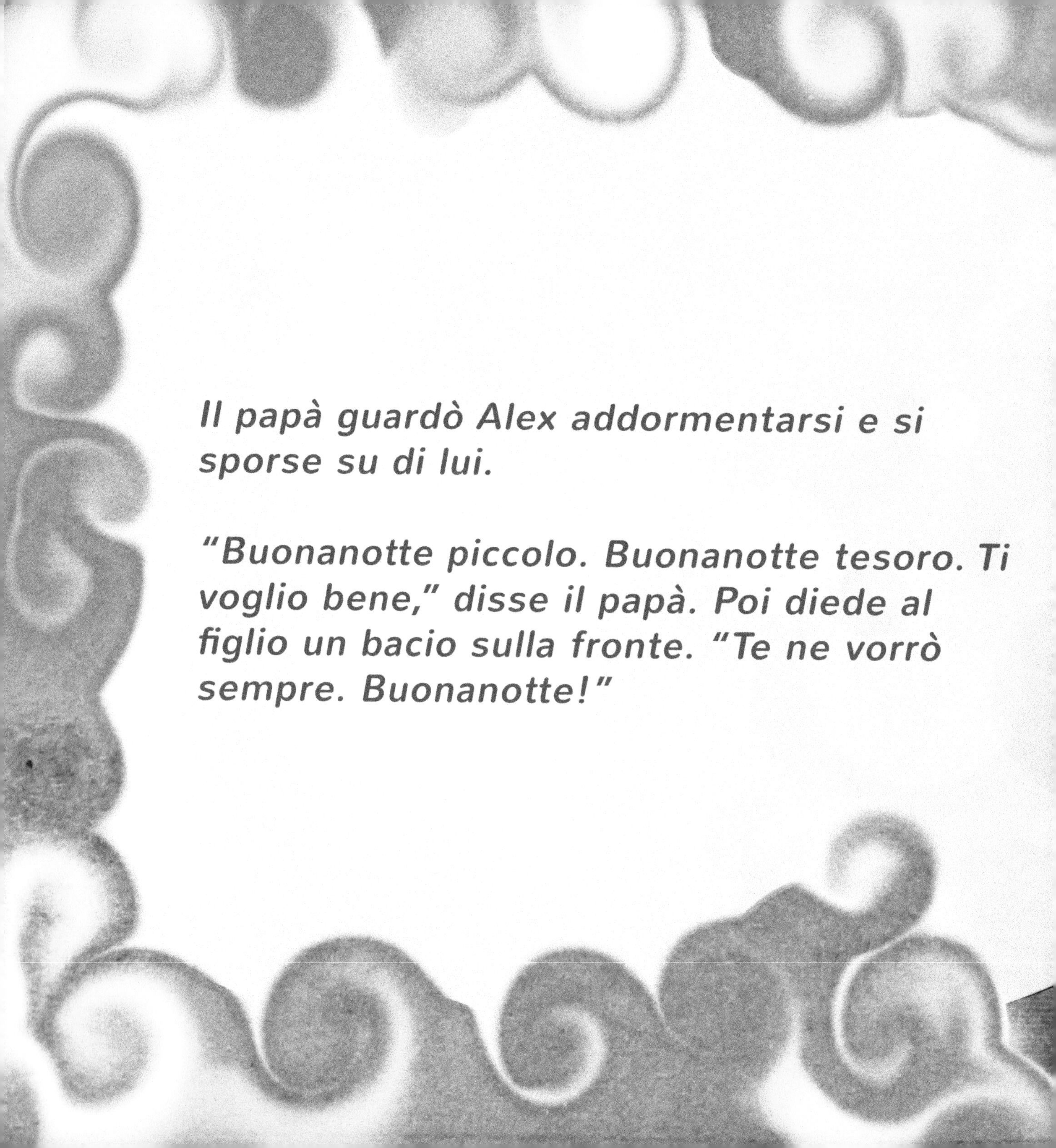

Il papà guardò Alex addormentarsi e si sporse su di lui.

"Buonanotte piccolo. Buonanotte tesoro. Ti voglio bene," disse il papà. Poi diede al figlio un bacio sulla fronte. "Te ne vorrò sempre. Buonanotte!"

PiYo!